네가
그리우면
나는
울었다

네가
그리우면
나는
울었다

초판 1쇄 발행 2015년 6월 10일
초판 3쇄 발행 2019년 2월 19일

글 강은교 외
그림 수초이 SOO CHOI
펴낸이 윤한룡
편집 한지혜
디자인 윤려하
관리·영업 박수정

펴낸곳 (주)실천문학
등록 10-1221호(1995.10.26.)
주소 서울특별시 중랑구 상봉로 110, 1102호
전화 322-2161~5
팩스 322-2166
홈페이지 www.silcheon.com

이 책의 제목은 고정희 시인의 작품 「네가 그리우면 나는 울었다」에서 따왔음을 밝힙니다.

ISBN 978-89-392-0731-8 03810

이 도서의 국립중앙도서관 출판시도서목록(CIP)은 e-CIP홈페이지(http://www.nl.go.kr/ecip)와
국가자료공동목록시스템(http://www.nl.go.kr/kolisnet)에서 이용하실 수 있습니다.(CIP제어번호:CIP2015014947)

네가
그리우면
나는
울었다

—

강은교 외 사랑의 시

실천문학사

part 01

마음을 빠져나온 마음이
마음에게로 가기 위해
설명할 수 없는 세상의 일들은
나를 울게 한다

part 02

사랑하는 이여
오지 않는 너를 기다리며
마침내 나는 너에게 간다

part 03

바닷가 모래 위 작은 벤치에는
너보다 먼저 온 외로움이
너를 기다리고 있다

part 04

어디론가
가는 길이
저토록 눈부시다

누군가를 만나서 사랑하고, 잊혀져 가고, 누군가에게 잊혀진다는 것이 가장 두려웠던 시절들. 오랜 동안 잊혀진 줄 알았던 시 구절을 떠올리며 아직 잊혀지지 않고 사랑하고, 이별할 수 있는 시간이 남아 있음을 행복해 합니다.

갈 곳도 없이 낙엽이 쌓인, 혹은 비가 오거나, 눈 내리는 거리를 걷다가 들른 통나무집 찻집 창가에 앉아 오지 않는 사람을 마냥 기다리던 막연한 그리움, 그리고 주체할 수 없는 풋풋한 젊은 열정으로 밤이 새도록 읽고 또 읽었던 수십 권의 시집들, 금세 시인이라도 될 것만 같았던 그 옛날의 추억을 생각해 봅니다.

오랜 동안 먼 길을 돌아 오직 단 한 사람에게 가고자 했던 당신. 이제 그토록 찾아 해매이던 가장 소중한 것이 바로 지금을 살아가고 있는 스스로의 모습임을 깨달으며 그 옛날 밤새 읽었던 시들 중에서 사랑의 시를 모아 오직 단 한 사람, 당신께 드립니다.

마음을 빠져나온 마음이
마음에게로 가기 위해
설명할 수 없는 세상의 일들은
나를 울게 한다

막다른 골목

강은교

막다른 골목을 사랑했네, 나는
막다른 골목에 사는 나의 애인을 지독히 사랑했네
막다른 골목에서 늘 헤어지던 인사
막다른 골목에서 만져보던 애인의 손
끝없는 미로의
미래의 단추를 사랑했네

오늘 밤은 미로에 갇힌 애인의 꿈을 불러보네
애인의 꿈속을 뛰어다니네
풀처럼 풀떡풀떡 뛰어다니네

사랑하는 나의 애인 사라진 벼랑

아, 숨 막히는 삶

서 해

아직 서해엔 가보지 않았습니다
어쩌면 당신이 거기 계실지 모르겠기에

그곳 바다인들 여느 바다와 다를까요
검은 개펄에 작은 게들이 구멍 속을 들락거리고
언제나 바다는 멀리서 진펄에 몸을 뒤척이겠지요

당신이 계실 자리를 위해
가보지 않은 곳을 남겨두어야 할까 봅니다
내 다 가보면 당신 계실 곳이 남지 않을 것이기에

내 가보지 않은 한쪽 바다는
늘 마음 속에서나 파도치고 있습니다

모든 순간이 꽃봉오리인 것을

정현종

나는 가끔 후회한다
그때 그 일이
노다지였을지도 모르는데……
그때 그 사람이
그때 그 물건이
노다지였을지도 모르는데……
더 열심히 파고들고
더 열심히 말을 걸고
더 열심히 귀 기울이고
더 열심히 사랑할 걸……

반벙어리처럼
귀머거리처럼
보내지는 않았는가
우두커니처럼……
더 열심히 그 순간을

사랑할 것을……

모든 순간이 다아
꽃봉오리인 것을,

내 열심에 따라 피어날
꽃봉오리인 것을!

꽃다지

도종환

바람 한 줄기에도 살이 떨리는
이 하늘 아래 오직 나 혼자뿐이라고
내가 이 세상에 나왔을 때
나는 생각했습니다

처음 돋는 풀 한 포기보다 소중히 여겨지지 않고
민들레만큼도 화려하지 못하여
나는 흙바람 속에 조용히
내 몸을 접어두고 있었습니다

그러나 내가 당신을 안 뒤부터는
지나가는 당신의 그림자에
몸을 쉬는 것만으로도 마음이 편했고
건넛산 언덕에 살구꽃들이
당신을 향해 피는 것까지도 즐거워했습니다

내 마음은 이제 열을 지어
보아주지 않는 당신 가까이 왔습니다
당신이 결코 마르지 않는 샘물로 흘러오리라 믿으며
다만 내가 당신의 무엇이 될까만을 생각했습니다

나는 아직도 당신에게는 이름이 없는 꽃입니다
그러나 당신이 너무도 가까이 계심을 고마워하는
당신으로 인해 피어있는 꽃입니다

울고 있는 가수

가수는 노래하고 세월은 흐른다
사랑아, 가끔 날 위해 울 수 있었니
그러나 울 수 있었던 날들의 따뜻함
나도 한때 하릴없이 죽지는 않겠다,
아무도 살지 않는 집 돌담에 기대
햇살처럼 번진 적도 있었다네
맹세는 따뜻함처럼 우리를 배반했으나
우는 철새의 애처러움
우우 애처러움을 타는 마음들
우우 마음들이 가여워라
마음을 빠져나온 마음이 마음에게로 가기 위해
설명할 수 없는 세상의 일들은 나를 울게 한다
울 수 있음의 따뜻했음
사랑아, 너도 젖었니
감추어두었던 단 하나, 그리움의 입구도 젖었니
잃어버린 사랑조차 나를 떠난다

무정하니 세월아,
저 사랑의 찬가

어린 나무에게

나종영

너에게 가까이 다가가
사랑을 고백해야겠다
내 목소리에 너의 여린 이파리가
떨리지 않도록
아주 작게

너와 서늘한 이마를 맞대고
가슴으로 느낄 수 있을 만큼
작은 목소리로

말하지 않아도 통하는 것이
사랑이야 물꽈리처럼 터질 듯한
내 속의 말을 참으면서
너에게 이슬처럼 다가가
나 하나 사랑을 고백해야겠다

새순 내음나는 이파리
연둣빛 그늘 밑에 앉아 눈물을 닦은 뒤
손 내밀어 서로를 일으켜 세울 때
눈빛으로 '사랑해' 말하리.

모과가 붉어지는 이유

이강산

그러니까 내가 이 골목을 고집하는 이유는 자명하다
늦바람이 든 거다

곰곰 짚어보자면 바람은 생의 발단쯤에서 복선처럼 스쳐갔
던 것,

절정의 뒤꼍에서 가으내 골목 힐끔대는 이 노릇이란
내게 휘어질 생의 굽이가 한 마디쯤 더 남아 있는 탓이려니,

때도 없이 붉어지다 뼈가 부러진 옆집 대추나무 훔쳐보듯 은
근슬쩍 바라보면
봉충다리 막냇누이의 봉숭아물 같은, 눈물 같은

선홍(鮮紅),

누군가의 연모 지우려 제 스스로 허벅지 찌르지 않고서야 저

토록 노랗게 붉어질 이유가 없지 않느냐

늦바람이 든 거다
저도 나처럼 울긋불긋 바람의 단풍이 든 거다

밤 그리움

나해철

옛날에 밤이
캄캄만 했을 때
그리움이 생겨나서
누군가 그것을 얻은 사람이
한 얼굴을
하늘에 걸었습니다

그 후로
사람들이 사람들이
밤 깊이 하늘로 가서
얼굴들을 새기고 또 새겼습니다

오늘
밤하늘에
별들이 가득하고
둥근달 하나 웃고 있습니다

늦가을

그 여자 고달픈 사랑이 아파 나는 우네
불혹을 넘어
손마디는 굵어지고
근심에 지쳐 얼굴도 무너졌네

사랑은
늦가을 스산한 어스름으로
밤나무 밑에 숨어 기다리는 것
술 취한 무리에 섞여 언제나
사내는 비틀비틀 지나가는 것
젖어드는 오한 다잡아 안고
그 걸음 저만치 좇아 주춤주춤
흰고무신 옮겨보는 것

적막천지
한밤중에 깨어 앉아

그 여자 머리를 감네
올 사람도 갈 사람도 없는 흐린 불 아래
제 손만 가만가만 만져보네

그리운 시냇가

장석남

내가 반 웃고
당신이 반 웃고
아기 낳으면
돌멩이 같은 아기 낳으면
그 돌멩이 꽃처럼 피어
깊고 아득히 골짜기로 올라가리라
아무도 그곳까지 이르진 못하리라
가끔 시냇물에 붉은 꽃이 섞여내려
마을을 환히 적시리라
사람들, 한잠도 자지 못하리

얼음 풀린 봄 강물
섬진마을에서

곽재구

당신이
물안개를 사랑한다고
말했을 때
나는 그냥
밥 짓는 연기가 좋다고
대답했지요

당신이
산당화꽃이 곱다고 얘기했을 때
나는 수선화꽃이 그립다고
딴말했지요

당신이
얼음 풀린 봄 강물
보고 싶다 말했을 때는
산그늘 쪽 돌아앉아

오리숲 밖 개똥지빠귀 울음소리나
들으라지 했지요

얼음 풀린 봄 강물
마실 나가고 싶었지마는
얼음 풀린 봄 강물
청매화향 물살 따라 푸르겠지만.

별의 길

정호승

지금까지 내가 걸어간 길은
별의 길을 따라 걸어간 길뿐이다
별의 골목길에 부는 바람에 모자를 날리고
그 모자를 주우려고 달려가다가
어둠에 걸려 몇번 넘어졌을 뿐이다

때로는 길가에 흩어진
내 발에 맞지 않는
신발 몇켤레 주워 신고 가다가
별의 길가에 잠시 의자가 되어 앉아 있었을 뿐이다

그래도 어두운 별의 길가에서 당신을 만나
잠시 당신과 함께 의자에 앉아 있을 수 있어 감사하다
이별이라는 별이 빛나기 위해서는
밤하늘이라는 만남의 어둠이 있어야 했을 뿐

오늘도 나는 돌아갈 수 없는 별의 길 끝에 서서
이제는 도요새가 되어 날아간
날아가다가 잠시 나를 뒤돌아본 당신의
별의 길을 걷는다

첫사랑

서정춘

가난뱅이 딸집 순금이 있었다
가난뱅이 말집 춘봉이 있었다

순금이 이빨로 깨트려 준 눈깔사탕
춘봉이 받아먹고 자지러지게 좋았다

여기, 간신히 늙어버린 춘봉이 입안에
순금이 이름 아직 고여 있다

part
02

사랑하는 이여
오지 않는 너를 기다리며
마침내 나는 너에게 간다

너를 기다리는 동안

황지우

네가 오기로 한 그 자리에
내가 미리 가 너를 기다리는 동안
다가오는 모든 발자국은
내 가슴에 쿵쿵거린다
바스락거리는 나뭇잎 하나도 다 내게 온다
기다려본 적이 있는 사람은 안다
세상에서 기다리는 일처럼 가슴 애리는 일 있을까
네가 오기로 한 그 자리, 내가 미리 와 있는 이곳에서
문을 열고 들어오는 모든 사람이
너였다가
너였다가, 너일 것이었다가
다시 문이 닫힌다
사랑하는 이여
오지 않는 너를 기다리며
마침내 나는 너에게 간다
아주 먼 데서 나는 너에게 가고

아주 오랜 세월을 다하여 너는 지금 오고 있다
아주 먼 데서 지금도 천천히 오고 있는 너를
너를 기다리는 동안 나도 가고 있다
남들이 열고 들어오는 문을 통해
내 가슴에 쿵쿵거리는 모든 발자국 따라
너를 기다리는 동안 나는 너에게 가고 있다

着語 : 기다림이 없는 사랑이 있으랴. 희망이 있는 한, 희망을 있게 한 절망이 있는 한. 내 가파른 삶이 무엇인가를 기다리게 한다. 민주, 자유, 평화, 숨결 더운 사랑. 이 늙은 낱말들 앞에 기다리기만 하는 삶 은 초조하다. 기다림은 삶을 녹슬게 한다. 두부 장사의 핑경 소리가 요즘은 없어졌다. 타이탄 트럭에 채소를 싣고 온 사람이 핸드마 이크로 아침부터 떠들어대는 소리를 나는 듣는다. 어디선가 병원에서 또 아이가 하 나 태어난 모양이다. 젖소가 제 젖꼭지로 그 아이를 키우리라. 너도 이 녹 같은 기다 림을 네 삶에 물들게 하리라.

사랑의 빗물 환하여 나 괜찮습니다

김선우

그대 만나러 가는 길에
풀여치 있어 풀여치와 놀았습니다
분홍빛 몽돌 어여뻐 몽돌과 놀았습니다
보랏빛 자디잔 꽃마리 어여뻐
사랑한다 말했습니다 그대 만나러 가는 길에
흰 사슴 마시고 숨결 흘려놓은 샘물 마셨습니다
샘물 달고 달아 낮별 뜨며 놀았습니다
새 뿔 올린 사향노루 너무 예뻐서
슬퍼진 내가 비파를 탔습니다 그대 만나러 가는 길에
잡아주고 싶은 새들의 가녀린 발목 종종거리며 뛰고
하늬바람 채집하는 나비 떼 외로워서
멍석을 펴고 함께 놀았습니다 껍질 벗는 자작나무
진물 환한 상처가 뜨거워서
가락을 함께 놀았습니다 회화나무 명자나무와 놀고
해당화 패랭이꽃 도라지 작약과 놀고
꽃아그배 아래 낮달과 놀았습니다

달과 꽃의 숨구멍에서 흘러나온 빛들 어여뻐
아주 잊듯 한참을 놀았습니다 그대 잃은 지 오래인
그대 만나러 가는 길
내가 만나 논 것들 모두 그대였습니다

내 고단함을 염려하는 그대 목소리 듣습니다
나, 괜찮습니다
그대여, 나 괜찮습니다

나도야 물들어간다

박남준

기다리고 있었어요
그대의 곤한 날개 여기 잠시 쉬어요
흔들렸으나 흔들리지 않은 목소리로
작은 풀잎이 속삭였다
어쩌면 고추잠자리는 그 한마디에
온통 몸이 붉게 달아올랐는지 모른다
사랑은 쉬지 않고 닮아가는 것
동그랗게 동그랗게 모나지 않는 것
안으로 안으로 깊어지는 것
그리하여 가득 채웠으나 고집하지 않고
저를 고요히 비워내는 것
아낌없는 것
당신을 향해 뜨거워진다는 것이다
작은 씨앗 하나가 자라 허공을 당겨 나아가듯
세상을 아름답게 물들여간다는 것
맨 처음 씨앗의 그 간절한 첫 마음처럼

선운사에서

최영미

꽃이
피는 건 힘들어도
지는 건 잠깐이더군
골고루 쳐다볼 틈 없이
님 한번 생각할 틈 없이
아주 잠깐이더군

그대가 처음
내 속에 피어날 때처럼
잊는 것 또한 그렇게
순간이면 좋겠네

멀리서 웃는 그대여
산 넘어 가는 그대여

꽃이

지는 건 쉬워도
잊는 건 한참이더군
영영 한참이더군

마음의 오지

이문재

탱탱한 종소리 따라나가던
여린 종소리 되돌아와
종 아래 항아리로 들어간다
저 옅은 고임이 있어
다음날 종소리 눈뜨리라
종 밑에 묻힌 저 독이 큰 종
종소리 그래서 그윽할 터

그림자 길어져 지구 너머로 떨어지다가
일순 어둠이 된다
초승달 아래 나 혼자 남아
내 안을 들여다보는데
마음 밖으로 나간 마음들
돌아오지 않는다
내 안의 또다른 나였던 마음들
아침은 멀리 있고

나는 내가 그립다

갈대

신경림

언제부턴가 갈대는 속으로
조용히 울고 있었다.
그런 어느 밤이었을 것이다. 갈대는
그의 온몸이 흔들리고 있는 것을 알았다.

바람도 달빛도 아닌 것.
갈대는 저를 흔드는 것이 제 조용한 울음이라는 것을
까맣게 몰랐다.
─산다는 것은 속으로 이렇게
조용히 울고 있는 것이란 것을
그는 몰랐다.

바다에서 바다를 못 읽다

유안진

　바다에 와서 바다를 읽어봤다, 바다의, 망망함을 물빛을 물비
늘을 깊이를 수평선을 파도를 해일을……, 물의 변신 물의 언어
를, 물에 쓰이는 상형문자를, 해독할 수 없는 태초의 말씀을, 방
대한 바이블을

　　태초의 언어로 된 태초의 경전
　　창조신의 말씀책을
　　알아 못 듣는 목소리로 갈매기가 읽고 가도
　　알아 못 듣는 목청으로 바람이 읽고 가도
　　나의 문맹(文盲)은
　　어느 구절에다 붉은 줄을 그어야 할지
　　어느 페이지를 접어두고
　　어느 대목을 괄호쳐둘지 몰라

　바다에 와서 바다는 못 읽어도, 내가 알아낸 건, 바다야말로 하
늘이라고, 하늘이기 때문에 읽어내지 못한다고, 밤이 되자 바다

는 달과 별무리 찬란한 하늘이었으니, 아무리 올라가도 하늘밑일 뿐이던 그 높이가, 눈 아래 두 발 아래 내려와 펼쳤다니, 가장 낮은 데가 가장 높은 곳이라는, 어렴풋한 짐작 하나 겨우 얻은 것 같다.

곡비

안도현

울다가 다 못 울고 죽은 것들이
살아도 괴로운 것들이 곡비(哭婢)가 되었다

실상사 귀농학교 계곡에서 책을 읽다가
곡비들이 몰려와 우는 통에 두 귀를 빼앗겨버렸다

저렇게 한순간도 쉬지 않고 우는 까닭은
한잔의 술 때문이 아니라 강의 등뼈를 물소리로 채우기 위한 것

계곡물에 발 담근 억새들의 발목을 뜯어먹으며
어디 가서 울어줄 데 없나, 짐승처럼 두리번거리는

물소리여, 사람이 죽어도 고요한 세상을 꿰차고 가는 물소리여,
내가 밑줄 그어놓은 모든 책의 페이지를 하얗게 지우는구나

얼음장 밑에서도 엎드려 울다가 오늘은

물길을 아랫마을로 서둘러 내려보내놓고 자진(自盡)하는구나

같이 울어주는 게 아니라, 울음마저 탕진하기 위해
곡비는 죽어서 물소리가 되었다

연리지 ^{連理枝}

김해자

開心寺 오르는 길
마음의 허물 뒤집어쓴 채 洗心洞을 막 지나는데
백주대낮에 소나무 두 그루 얽혀 있다
한 놈이 한 놈의 허벅지에 다리를 척 걸친 채
한몸이 되어 있다 가만히 보니 결가부좌 튼
부처 같기도 한데 육감적인 아랫도리 위에서
어쨌거나 잔가지들은 열락의 기지개 맘껏 켜고 있다
오른 가지는 왼편으로 왼 가지는 오른편으로
우향좌, 좌향우, 전 방향으로 팔을 뻗고 있다
허공 가득 시방 그득 푸른 탄성 내지르고 있다
다리가 하나뿐인 나무처럼 모자란 이 몸이
개심을 하는 길은 먼저 몸을 열어야 한다는 것을
내 안에 갇혀 어두운 내가 밝아지는 길은
하나인 내가 다른 하나의 속으로 들어가야 한다는 것을
둘이면서 하나이고 하나이면서 둘인 木佛이
앞서 열어 보이고 있다

벽공무한 碧空無限

이성희

가을은
멀어지면서 옵니다
멀어지는 것들의 등은
벌써 남빛으로 젖어 있네요
그대 멀어지면서 오세요

골목 어귀의 선술집에 등이 켜지고
거리를 걷는 사람들의 내부에
푸른 별이 켜집니다
저녁이면 우리는 모두 저마다
다른 별의 시간을 삽니다

낙엽의 거리에서
오랫동안 찾던 단어 하나를 놓아버린 사람은
별과 별 사이 아득한
허공을 헤매일 것입니다

남빛 시린 허공으로 그대
깊어져서 오세요.

더딘 사랑

이정록

돌부처는
눈 한 번 감았다 뜨면 모래무덤이 된다
눈 깜짝할 사이도 없다

그대여
모든 게 순간이었다고 말하지 마라
달은 윙크 한 번 하는데 한 달이나 걸린다

차이를 말하다

천양희

그날 당신은 다르다와 틀리다 사이에는 차이가 있다고 말했
지요 당신 생각에는 동의하지 않지만 다르다는 것은 인정한다고
도 말했지요 그 말 듣는 날이 얼마였는데 어떤 일이든 절대적 차
이가 있는 것은 아니라고 말하다니요 정도의 차이가 중요한 것
이라고 말할 때마다 나는 또 몇번이나 자기를 낮추는 것과 낮게
사는 것은 다른 것이라 생각했을까요 고독 위에 우두커니 서 있
는 나를 당신은 독락당(獨樂堂)에 우뚝 세워놓습니다 오늘은 독수
정(獨守亭)이 고독을 지킵니다 처음으로 즐기는 것이 지키는 것과
정도 차이라고 당신은 말합니다 내 의견에 한 의견을 슬쩍 올려
놓고 보아요 그래도 다른 것은 다른 것이고 내 생각 깊은 자리한
생각 잠시 머뭇거려도 그 자리 다른 것은 다른 것이지요 저 자연
스러움과 자유스러움의 차이 그 차이로 차별 없이 당신과 나는
당신과 나를 견뎠겠지요 다르다와 틀리다 사이에서 한나절을 또
견디겠지요

part
03

바닷가 모래 위 작은 벤치에는
너보다 먼저 온 외로움이
너를 기다리고 있다

삶

고은

비록 우리가 가진 것이 없더라도
바람 한 점 없이
지는 나무 잎새를 바라볼 일이다.
또한 바람이 일어나서
흐득흐득 지는 잎새를 바라볼 일이다.
우리가 아는 것이 없더라도
물이 왔다가 가는
저 오랜 썰물 때에 남아 있을 일이다.
젊은 아내여
여기서 사는 동안
우리가 무엇을 가지며 무엇을 안다고 하겠는가.
다만 잎새가 지고 물이 왔다가 갈 따름이다.

노 래

이시영

사랑한다는 사랑한다는 그 말 한마디 전해드리기 위해
이 강에 섰건만
바람 이리 불고 강물 저리 붉어
못 건너가겠네 못 가겠네

잊어버리라 잊어버리라던 그 말 한마디 돌려드리기 위해
이 산마루에 섰건만
천둥 이리 우짖고 비바람 속 낭 저리 깊어
못 다가가겠네 못 가겠네

낭이라면 아득한 낭에 핀 한떨기 꽃처럼,
강이라면 숨막히는 바위 속, 거센 물살을 거슬러오르는
은빛 찰나의 물고기처럼

날랜 사랑

장마 걷힌 냇가
세찬 여울물 차고 오르는
은피라미떼 보아라
산란기 맞아
얼마나 좋으면
혼인색으로 몸단장까지 하고서
좀더 맑고 푸른 상류로
발딱발딱 배 뒤집어 차고 오르는
저 날씬한 은백의 유탄에
푸른 햇발 튀는구나

오호, 흐린 세월의 늪 헤쳐
깨끗한 사랑 하나 닦아 세울
날랜 연인아 연인들아

山門
사랑

박두규

세상 보따리 싸들고
山門을 나오는데
이적지 말 한마디 걸어오지 않던
물소리 하나 따라나온다.
문득 그대가 그립고
세월이 이처럼 흐를 것이다.

뒤늦게 번져오르는 山벚꽃이여
온 산을 밝히려 애쓰지 마오.
끝내 못한 말 한마디
계절의 接境을 넘어
이미 녹음처럼 짙어진 것을.

바닷가 벤치

마음이 만약 쓸쓸함을 구한다면
기차 타고 정동진에 가보라
젊어 한때 너도 시인이었지
출렁이는 바다와
바다를 바라보고 서 있는 소나무 한 그루
그 위를 떠가는 흰 구름
그리고 바닷가 모래 위 작은 벤치에는
너보다 먼저 온 외로움이
너를 기다리고 있다

신이 감춰둔 사랑

김승희

심장은 하루종일 일을 한다고 한다
심장이 하루 뛰는 것이
10만 8천 6백 39번이라고 한다
내뿜는 피는 하루 몇천만 톤이나 되는지 모른다고 한다
지구에서 태양까지의 거리가 1억 4천 9백 6십만km인데
하루 혈액이 뛰는 거리가
2억 7천 31만 2천km라고 한다
지구에서 태양까지 두번 갔다올 거리만큼
당신의 혈액이 오늘 하루에 뛰고 있는 것이다
바로 너, 너, 너! 그대!

그렇게 당신은 파도를 뿜는다
그렇게 당신은 꺼졌다 살아난다
그렇게 당신을 달빛 아래 둥근 꽃봉오리의 속삭임이다
은환의 질주다

그대가 하는 일에 나도 참가하게 해다오
이 사업은 하느님과의 동업이다
그 속에서 나는 사랑을 발견하겠다

내 생애 단 한 번 내가 울고 있다

더없이 쾌청하고 평온한 오후 세 시 바로 그 시간의 무게에 기대어 풀과 나무의 숲 오래 적막하더니 계절 따라 노루귀, 골무꽃은 분분히 피어 꽃가지 흔들고 하늘엔 삿갓구름 한가롭다.

사뭇 꽃 붉은 저 산은 천 리 만 리 밖 달 밝고 바람 맑은 한밤 중, 황갈색의 목을 지닌 두견새 울며 날고 베들레헴 성벽 밑 허허벌판 꿈속을 가로지르는 강물은 결국엔 멀리 바다로 흘러간다.

나타나엘이여, 나는 그대의 영혼을 병들게 한다. 허청허청 걷고 있는 그대는 분명 신에게 다다를 수 없다. 아아, 그대의 청춘은 나비의 몸속에서 아지랑이 속 꽃방에서 깊이 잠들어 있다.

나타나엘이여, 나는 그대를 사랑하노라. 때때로 우린 홀로 방황했다. 때때로 우린 따로 또 같이 내일에 살고 싶었다.

내 생에 단 한 번, 고흐가 사랑했고 모네가 꿈꾸었던 세상을 만

나니 바로 지금 바로 여기는 어떤 사소한 순간에도 나는 이따금
울었던 것 같다.

나, 나타나엘이여!
나를 떠나라, 나를 잊어라.

나는 나를 울고 있다.

동백 열차

송찬호

지금 여수 오동도는
동백이 만발하는 계절
동백 열차를 타고 꽃 구경 가요
세상의 가장 아름다운 거짓말인 삼월의 신부와 함께

오동도, 그 푸른
동백섬을 사람들은
여수항의 눈동자라 일컫지요
우리 손을 잡고 그 푸른 눈동자 속으로 걸어들어가요

그리고 그 눈부신 꽃 그늘 아래서 우리 사랑을 맹세해요
만약 그 사랑이 허튼 맹세라면 사자처럼 용맹한
동백들이 우리의 달콤한 언약을 모두 잡아먹을 거예요
말의 주춧돌을 반듯하게 놓아요 풀무질과 길쌈을 다시 배워요

저 길길이 날뛰던 무쇠 덩어리도 오늘만큼은

화사하게 동백 열차로 새로 단장됐답니다
삶이 비록 부스러지기 쉬운 꿈일지라도
우리 그 환한 백일몽 너머 달려가 봐요 잠시 눈 붙였다
깨어나면 어느덧 먼 남쪽 바다 초승달 항구에 닿을 거예요

남산

김용택

저기 저 남산 산비탈
푸른 솔숲 아래 꽃 피었네
해도 달도 찾아들지 않았는데
나무꾼도 추위 들지 않았는데
몸보다 먼저 온 그리운 이
저기 저 남산 응달
잎보다 먼저 꽃으로 피어났네
불이 일 듯 불이 일 듯
그리움 타올라 번지며
가만가만 날 부르며
저기 저 남산 꽃산 되어 솟네
그대 만나러
저기 저 남산 꽃산 가는 길
발 디딘 걸음걸음마다
그리운 그대 얼굴 밟히어
눈물 어리는데

눈 주는 곳마다
그대 얼굴
몸보다 먼저 와
꽃대 위에 꽃으로 앉았네.

우산이 좁아서

왼쪽에 내가
오른쪽엔 네가 나란히 걸으며
비바람 내치리는 길을
좁은 우산 하나로 버티며 갈 때
그 길 끝에서
내 왼쪽 어깨보다 덜 젖은 네 어깨를 보며
다행이라 여길 수 있다면
길이 좀 멀었어도 좋았을걸 하면서
내 왼쪽 어깨가 더 젖었어도 좋았을걸 하면서
젖지 않은 내 가슴 저 안쪽은 오히려 햇살이 쨍쨍하여
그래서 더 미안하기도 하면서

달과 심장

박서영

밤하늘의 심장이 움직이는 것은 내가 너에게 기적처럼 다가가기 때문일 거다.

한 사람에게서 한 사람에게로 나는 움직인다. 촘촘히 박힌 입술들의 서약서. 바람의 잔물결. 가슴에 생긴 모서리들이 더 이상 이상하지 않아. 나는 점점 한 사람을 잊고 한 사람을 추궁하게 된다. 너와 나를 어떻게 감별할 수 있을 것인가. 너무 먼 곳에서 너와 나는 서로를 만지고 있다. 베어 먹고 있다. 우리의 모서리가 열기구처럼 뜨거워지기를. 녹아서 탄생 이전의 세계로 돌아가기를.

바깥이 불편하다

당신에게 가는 길을 놓았습니다

할 일과 하고 싶은 일 사이에서
마음 밖을 떠돈 지 오래
바깥에선 더 이상 가슴이 뛰지 않아요
술잔 잡고 웃고 떠드는 온기에 길들여진
한없이 누추해진 나의 바깥을 탈피 중입니다

늦은 아침 제일 먼저 하는 일이란
창을 열고 볕을 들이는 일이죠
바닥에 쭈그려 앉아서야
묵은 얼룩 닦아내듯
내 밑바닥 깊숙이 내려가 나를 통과하는 일이죠
빨래 널다가 설거지하다가
문득 온몸이 부어오르는 통증을 가만히 품고 견디는 것
내 안의 불화 어루만지며

오직 마음으로 나를 보려고 해요
내가 없는 나를 만나려 합니다
내 안에서 나를
당신 밖에서 당신을 읽는 적막이
당신에게 가는 길을 놓아주기를

그러니 이미 거기에 도착해 있는 내 들뜬 마음도
외면해주시길 청합니다

그 사람은 돌아오고 나는 거기 없었네

안상학

그때 나는 그 사람을 기다렸어야 했네
노루가 고개를 넘어갈 때 잠시 돌아보듯
꼭 그만큼이라도 거기 서서 기다렸어야 했네
그때가 밤이었다면 새벽을 기다렸어야 했네
그 시절이 겨울이었다면 봄을 기다렸어야 했네
연어를 기다리는 곰처럼
낙엽이 다 지길 기다려 둥지를 트는 까치처럼
그 사람이 돌아오기를 기다렸어야 했네

해가 진다고 서쪽 벌판 너머로 달려가지 말았어야 했네
새벽이 멀다고 동쪽 강을 건너가지 말았어야 했네
밤을 기다려 향기를 머금는 연꽃처럼
봄을 기다려 자리를 펴는 민들레처럼
그때 그곳에서 뿌리내린 듯 기다렸어야 했네
어둠 속을 쏘다니지 말았어야 했네
그 사람을 찾아 눈 내리는 들판을

해매 다니지 말았어야 했네
그 사람이 아침처럼 왔을 때 나는 거기 없었네
그 사람이 봄처럼 돌아왔을 때 나는 거기 없었네
아무리 급해도 내일로 갈 수 없고
아무리 미련이 남아도 어제로 돌아갈 수 없네
시간이 가고 오는 것은 내가 할 수 있는 게 아니었네
계절이 오고 가는 것은 내가 할 수 있는 게 아니었네
그때 나는 거기 서서 그 사람을 기다렸어야 했네

그 사람은 돌아오고 나는 거기 없었네

part

04

어디론가
가는 길이
저토록 눈부시다

소나기

김성규

할머니는 시집와서 아무도 모르는 산 너머에 나무를 심었다

그 나무는 자라 하늘까지 닿았고
돌아가신 할머니는 나무 위로 올라갔다

짐승은 죄를 지어 일만 한다 하지만
소가 일하지 않는 날에는
비를 맞으며 밭고랑에서 김을 매던 할머니

사람이 죽으면 하늘로 간다 하니
하늘 어딘가에도 마당이 있을 것이다

그 마당에서 아홉 잔의 술과
아홉개의 떡을 먹으며 노래 부르면
호미는 말잔등으로 변해 달리고
타령조로 울다 웃다

목이 쉬면 까마귀를 달여 먹고
지상에서 추지 못한 춤을 출 것이다

산 너머에서부터 바람이 우는 소리
가죽나무가 팔을 허우적대며
흘러가는 공기를 입안에 우겨넣는다
고깃덩이가 제사상에서 냄새를 피우는 날

이르지 못한 간절함이 인간의 들판에 비를 부른다

저 자신 숲입니다

강신애

그대는 저로 하여 숲의 아름다움에 눈뜨게 하셨습니다
소슬한 바람 맞으며
저는 아직 숲에 서 있습니다
그 끝에 깜깜절벽 만나더라도
그대가 감추신 고통의 성찬은 눈부셨습니다

어쩌면 저는 그대의 덫에 걸려든 사향쥐,
다리를 물어뜯어 잘라내서라도 자유롭고 싶습니다

그대와 나 궤도를 벗어나지 않는 뭇별처럼
혹, 당신 없으면 저 홀로 별똥별 되어
땅바닥으로 곤두박질칠까봐
그 빈 자리 당신은 숲으로 채워놓으셨습니다

옹달샘에 물이 차오르듯
제 속의 마르지 않는 본능, 그리움은 이제

나무와 새들 사이에 머뭅니다

숲의 베일을 한겹 들추면
허리가 휘는 일몰이 따라 들어오고
붉은 틈새로 텃새가 둥지를 찾아 날아갑니다

그대 겨드랑이에서 매번 허물어지던 둥지 떼어내어
떡갈나무 높은 가지에 올려놓습니다
발톱 부르트도록 흙 나르고 나뭇가지 물어오지 않아도
제 둥지는 나무 위에서 숲의 일부가 되겠지요

저 자신 숲입니다
그대가 바란 것처럼.

길을길을 갔다

김근

여자가 살을 파내고 나를 심는다
나는 아무 저항 없이 여자의 살에 뿌리를 내린다
내 실뿌리들이 혈관을 타고 여자의 온몸으로 뻗어나간다
여자를 빨아먹고 나는 살찐다
언젠가 여자는 마른 생선처럼 앙상해질 것이다

옛날에도 그랬다

나는 커다란 종기처럼 여자에게서 자랐다
나라는 고름 주머니를 달고 여자가 길을길을 갔다

저 벚꽃의 그리움으로

김영남

벚꽃 소리 없이 피어
몸이 몹시 시끄러운 이런 봄날에는
문 닫아걸고 아침도 안 먹고 누워 있겠네.

한 그리움이 더 큰 그리움을 낳게 되고……
그런 그리움을 누워서 낳아보고 앉아서 낳아보다가
마침내는 울어버리겠네, 소식 끊어진 H를 생각하며
그러다가 오늘의 그리움을 어제의 그리움으로 바꾸어보고
어제의 그리움을 땅이 일어나도록 꺼내겠네, 저 벚꽃처럼.

아름답게 꺼낼 수 없다면
머리를 쥐어뜯어 꽃잎처럼 바람에 흩뿌리겠네.
뿌리다가 창가로 보내겠네.

꽃이 소리 없이 사라질까 봐
세상이 몹시 성가신 이런 봄날에는

냉장고라도 보듬고 난 그녀에게 편지를 쓰겠네.
저 벚꽃의 그리움으로.

구두

윤재철

그 여자
그 남자 죽은 지 몇 년 됐는데도
구두를 현관에 그대로 두고 있다
뒷굽이 한쪽으로 닳은 낡은 구두
더러 광나게 약칠도 하며

왜 치우지 않느냐 물으니
그래도 집 안에 남자가 있다는 표시가 있어야
남들이 깔보지 않는다고 말은 하지만

구두
아침이면
밖을 향해 놓았다가
저녁이면 지금 막 돌아온 듯이
집 안을 향해 돌려놓는 것은

그 여자 마음이지
살아 있는 추억이야
죽은 그 남자 아침이면 출근했다가
저녁이면 퇴근해 그 여자 집으로 돌아온다네
구두가 돌아온다네

통한다는 말

손세실리아

통한다는 말, 이 말처럼
사람을 단박에 기분 좋게 만드는 말도 드물지
두고두고 가슴 설레게 하는 말 또한 드물지

그 속엔
어디로든 막힘없이 들고나는 자유로운 영혼과
흐르는 눈물 닦아주는 위로의 손길이 담겨있지

혈관을 타고 흐르는 붉은 피도 통한다 하고
물과 바람과 공기의 순환도 통한다 하지 않던가

거기 깃든 순정한 마음으로
살아가야지 사랑해야지

통한다는 말, 이 말처럼
늑골이 통째로 무지근해지는 연민의 말도 드물지

갑갑한 숨통 툭 터 모두를 살려내는 말 또한 드물지

백일홍

최영철

구차하게 따르지도
구차하게 침묵하지도 않으려고
같이 낯붉히고 가는 덕천강

늦게 피고 빨리 지는 꽃잎 따라
점점이 물드는 늦은 햇살의 홍조
먼저 간 마음 따라 남으로 와서
여린 꽃잎 다 주고
홀가분한 몸을 강물에 마저 비추며
네가 붉어지니 나도 따라 붉어지네

묵언 정진 붙박여 엿보고 있는
가지의 짧은 기억들
수천년 윤회가 부서져 흙이 된
떨어진 잎새 향기로 한 백 일쯤 피어
제 갈 길 먼저 가는 강을 보는

나무의 면벽.

시간들

안현미

침묵에 대하여 묻는 아이에게 가장 아름다운 대답은 침묵이다
시간에 대하여도 그렇다

태백산으로 말라죽은 나무들을 보러 갔던 여름이 있었지요

그때 앞서 걷던 당신의 뒷모습을 보면서 당신만큼 나이가 들
면 나는 당신 같은 사람이 되고 싶다 하였습니다

이제 내가 그 나이만큼 되어 시간은 내게 당신 같은 사람이 되
었냐고 묻고 있습니다 나는 대답을 할 수 없어 말라죽은 나무 옆
에서 말라죽어가는 나무를 쳐다보기만 합니다

그러는 사이 바람은 안개를 부려놓았고 열일곱 걸음을 걸어가
도 당신은 보이지 않습니다 당신의 시간을 따라갔으나 나의 시
간은 그곳에 당도하지 못하였습니다

당신은, 당신은 수수께끼 당신에 대하여 묻는 내게 가장 아름다운 대답인 당신을 침묵과 함께 놓아두고 죽은 시간

열일곱 걸음을 더 걸어와 다시 말라죽은 나무들을 보러 태백에 왔습니다 한때 간곡하게 나이기를 바랐던 사랑은 인간의 일이었지만 그 사랑이 죽어서도 나무인 것은 시간들의 일이었습니다

대청바다

이세기

어디론가 가는 길이 저토록 눈부시다

대청 가는 뱃길 바다 위로
나비 한 마리 눈부신 흰빛의 팔랑임으로
온 힘으로 날아가는
흰 나비

어디론가 가는 길이 이와 같은 것인가

봄빛 내리는 바다

해원의 바다

바다 위로 뜨는 별자리

가다 보면 보이리

저 망망의 바다를 건너 밤바다에 이르면 보이리
가다 백골이 된다 해도

끝내는 이 바다를 건널 수밖에 없다

오오 이 바다를 건너는 것이
나는 두렵지 않다

그러니 나비여 가자

밤이 오면 봄바다 위로 달이 뜨리

한계령

이용한

44번 국도의 바람은 44번 국도를 지나간다
간간 빗방울이 뿌려서
추억을 닦는 와이퍼 너머로 후두둑, 단풍이 진다
여긴 한계령이고, 바다가 지척이다
벌써 겨울이군요
오래전 낙산에서 만난 11월의 바다는 이미 시들어버렸습니다
또박또박 말하지 않아도 내 입술은 벌써 춥다
창밖의 옷 벗은 나무들보다 옷 입은 내가 더 춥다
길은 오직 이것 하나밖에 없다는 듯
44번 국도의 이정표는 느릿느릿 나를 끌고 입산한다
이쯤에서 내 늦은 기억도
당신을 찾지 못하고 길 잃을 것이다
어쩌면 다음 생에도 나는 44번 국도를 따라가고 있으리라
이제껏 열렬하게 인생을 낭비했으니,
내게 남은 날들은 자작나무 껍질처럼 얇고, 만지면 부서진다
벌써 저녁이군요

단지 나는 한계령을 넘어와
낙산으로 가는 내 삶을 이야기하고 싶었다
하지만 이 적막한 숲에서는 통 말이 통하지 않는다
그저 무상한 나무들의 세상——,
오늘은 이만 입 다물고 오색에서 1박합니다
단풍 지는 여인숙에서
시동을 끄듯 나는 내 몸의 헐거워진 플러그를 뽑는다
앙상한 뼈들이 철커덕, 스프링 침대에 쓰러진다
내 옆에 모로 누워 밤새 뒤척이던——,
11월의 바다
이따금 빗방울이 들이치고
그때마다 단풍 지던 하룻밤을 나는 오래 기억할 것이다.

노래와 길

조기조

불빛 한 점 없는 어둠 속에서
걸어온 길도 걸어갈 길도
보이지 않는 어둠 속에서
두려워 떨면서
나직이 노래를 부르네

노래는 어둠 속으로
길을 보여주고
순식간에 다시 지우네
사라지는 노래의 길을 따라
어둠 속으로 걸음을 옮기네

어둠은 내게 노래를 부르게 하고
노래는 어디론가 나를 이끄네.

사랑

박철

나 죽도록
너를 사랑했건만,
죽지 않았네

내 사랑 고만큼
모자랐던 것이다

수록

작품

강신애 「저 자신 숲입니다」, 『서랍이 있는 두 겹의 방』, 창작과비평사, 2002

강은교 「막다른 골목」, 『바리연가집』, 실천문학사, 2014

고은 「삶」, 『文義 마을에 가서』, 민음사, 1974

고재종 「날랜 사랑」, 『날랜 사랑』, 창작과비평사, 1995

곽재구 「얼음 풀린 봄 강물」, 『꽃보다 먼저 마음을 주었네』, 열림원, 1999

김근 「길을길을 갔다」, 『당신이 어두운 세수를 할 때』, 문학과지성사, 2014

김사인 「늦가을」, 『가만히 좋아하는』, 창비, 2006

김선우 「사랑의 빗물 환하여 나 괜찮습니다」, 『내 몸속에 잠든 이 누구신가』, 문학과지성사, 2007

김성규 「소나기」, 『천국은 언제쯤 망가진 자들을 수거해가나』, 창비, 2013

김승희 「신이 감춰둔 사랑」, 『냄비는 둥둥』, 창비, 2006

김영남 「저 벚꽃의 그리움으로」, 『푸른 밤의 여로』, 문학과지성사, 2006

김용택 「남산」, 『꽃산 가는 길』, 창작과비평사, 1988

김해자 「연리지」, 『축제』, 애지, 2007

나종영 「어린 나무에게」, 『나는 상처를 사랑했네』, 실천문학사, 2001

나해철 「밤 그리움」, 『꽃길 삼만리』, 솔, 2011

도종환 「꽃다지」, 『내가 사랑하는 당신은』, 실천문학사, 1988

박남준 「나도야 물들어간다」, 『간이 휴게실 아래 그 아저씨네』, 실천문학사, 2010

박두규 「山門」,『당몰샘』, 실천문학사, 2001

박서영 「달과 심장」,『좋은 구름』, 실천문학사, 2014

박철 「사랑」,『작은 산』, 실천문학사, 2014

복효근 「우산이 좁아서」,『따뜻한 외면』, 실천문학사, 2013

서정춘 「첫사랑」,『물방울은 즐겁다』, 천년의시작, 2010

손세실리아 「통한다는 말」,『꿈결에 시를 베다』, 실천문학사, 2014

송찬호 「동백 열차」,『붉은 눈, 동백』, 문학과지성사, 2000

신경림 「갈대」,『농무』, 창작과비평사, 1975

안도현 「곡비」,『간절하게 참 철없이』, 창비, 2008

안상학 「그 사람은 돌아오고 나는 거기 없었네」,『그 사람은 돌아오고 나는 거기 없었네』, 실천문학사, 2014

안현미 「시간들」,『이별의 재구성』, 창비, 2009

유안진 「바다에서 바다를 못 읽다」,『다보탑을 줍다』, 창비, 2004

윤재철 「구두」,『거꾸로 가자』, 삶창, 2012

이강산 「모과가 붉어지는 이유」,『모항』, 실천문학사, 2015

이문재 「마음의 오지」,『마음의 오지』, 문학동네, 1999

이성복 「서해」,『그 여름의 끝』, 문학과지성사, 1990

이성희 「벽공무한」,『겨울 산야에서 올리는 기도』, 솔, 2013

이세기 「대청바다」, 『먹염바다』, 실천문학사, 2005

이시영 「노래」, 『이슬 맺힌 노래』, 들꽃세상, 1991

이용한 「한계령」, 『안녕, 후두둑 씨』, 실천문학사, 2006

이정록 「더딘 사랑」, 『의자』, 문학과지성사, 2006

이흔복 「내 생애 단 한 번 내가 울고 있다」, 『먼 길 가는 나그네는 발자국을 남기지 않는다』, 솔, 2007

장석남 「그리운 시냇가」, 『새떼들에게로의 망명』, 문학과지성사, 1991

정현종 「모든 순간이 꽃봉오리인 것을」, 『사랑할 시간이 많지 않다』, 세계사, 1989

정호승 「별의 길」, 『여행』, 창비, 2013

정희성 「바닷가 벤치」, 『돌아보면 문득』, 창비, 2008

조기조 「노래와 길」, 『기름美人』, 실천문학사, 2005

천양희 「차이를 말하다」, 『나는 가끔 우두커니가 된다』, 창비, 2011

최영미 「선운사에서」, 『서른, 잔치는 끝났다』, 창작과비평사, 1994

최영철 「백일홍」, 『일광욕하는 가구』, 문학과지성사, 2000

함순례 「바깥이 불편하다」, 『혹시나』, 삶창, 2013

허수경 「울고 있는 가수」, 『혼자 가는 먼 집』, 문학과지성사, 1992

황지우 「너를 기다리는 동안」, 『게 눈 속의 연꽃』, 문학과지성사, 1990